리모컨
아이

책 먹는 고래 55

리모컨 아이

글·그림 | 오복이

〈리모컨 아이〉에 실린 6편의 동화에 등장하는 친구들은 모두가 주인 공입니다. 이야기를 따라가다 보면 우리 반 친구, 가족, 선생님도 만나게 될 거예요. 친구들은 내 마음이 하는 이야기를 잘 들을 수 있나요? 마음 이란 녀석은 장난꾸러기 같아서 쉽게 열어주지 않거든요. 나는 술래가 되어 숨어 있는 마음의 문을 열 수 있는 열쇠를 찾아야 해요.

가끔, 포기하고 도망치고 싶은 마음이 쏙 올라오면 어떻게 하나요? 노 력하는 것은 인내가 필요해서 쉽지 않아요. 그래서 쉽게 포기를 선택하 나요? 울퉁불퉁 서툴지만 일단, 해 볼까요? 잘 할 수 있는 열쇠가 조용히 나를 기다리고 있답니다.

친구들과 도란도란 함께 웃는 순간, 따뜻한 마음으로 누군가에게 손 내미는 순간, 심장이 쿵쿵 울리도록 응원하던 순간, 소곤소곤 책이 들려 주는 이야기 속에 풍덩 빠진 순간에 마음이 똑똑 열쇠를 전해줍니다.

책이 들려주는 이야기를 천천히 따라가 보세요. 가슴이 찌릿찌릿 몽글몽글 피어오를 때 토끼처럼 눈을 반짝이며 귀는 쫑긋해야 합니다. 소원 열쇠는 보물 찾기처럼 발견해야 하거든요. 친구, 가족, 선생님과 함께 힘을 모으면 더 빨리 찾을 수 있답니다.

뭐든 신나고 재미있게 룰루랄라 수리수리 수리부엉이 감자 감자 고구마구마!

동화에 영감을 준 제자들, 가족과 스승님 그리고 출판사 밥북 식구들의 도움으로 〈리모컨 아이〉가 세상에 나올 수 있었습니다. 응원과 사랑에 깊이 감사드립니다.

2024년 가을
오복이

차례

1

흰머리 안테나

선생님은 꾸벅꾸벅 졸고 있었다. 고개가 움직일 때마다 머리카락이 반짝였다. 결이는 살금살금 다가가 손을 뻗었다. 그 순간 선생님이 눈을 번쩍 떴다.

　"왜 그래?"

　깜짝 놀란 선생님이 소리쳤다.

　'들켰어.'

　결이도 흠칫 놀랐다.

　'좋은 방법이 없을까?'

　결이는 선생님의 흰 머리카락을 뽑으려고 호시탐탐 기회를 엿보았다. 눈치 빠른 선생님은 고개를 흔들어 흰 머리카락을 숨겨버리곤 했다. 작전이 계속 실패하자 결국 선생님에게 졸랐다.

"선생님, 딱 한 개만요."

"안 돼!"

선생님 목소리는 단호했다.

"왜요?"

"이건 안테나거든."

"무슨 안테나가 그래요?"

"특별해서 그래."

선생님은 특별이란 단어를 힘주어 말하고 주머니에서 거울을 꺼냈다. 그중에 제일 굵고 빳빳하게 솟은 머리카락을 쓰다듬었다. 결이도 선생님의 손끝에서 움직이는 흰 머리카락을 자세히 쳐다보았다.

"뭐가 특별해요?"

"그건 비밀이야. 아무튼, 내 안테나 손대지 마!"

선생님은 주문을 외우듯 흰 머리카락을 다시 톡톡 두드렸다.

"와, 흔들려요!"

결이가 소리치자 아이들이 몰려들었다.

"쉿."

선생님은 눈동자를 또르르 굴리더니 주변을 천천히 둘러 보았다. 코를 한 번 씰룩하더니 작은 목소리로 이야기를 시 작했다.

"선생님은 안드로메다 은하에서 왔어. 우주 나이는 815살 이야."

선생님은 우주 사진과 유튜브 영상을 보여주었다. 지구는 바닷가 모래알만큼 많은 별 중에 하나라고 했다. 사진 에는 파랗고 초록색 지구가 흰 구름으로 덮여 있 었다.

"지구에는 왜 왔어요?"

"이야기를 모으려고 왔지. 우리별에서는 비밀 이 야기를 치료제로 쓰거든. 그래서 선생님의 흰 머리카락은 특별해."

"치료제가 뭐예요?"

"아픈 곳을 낫게 하는 약이야."

"어디가 아플 때 낫게 해 줘요?"

"마음을 치료할 때 쓰여. 아주 까다롭고 어려운 고민일수록 치료가 더 잘돼. 너희들에게 특별히 알려주는 비밀이다."

선생님의 눈동자가 반짝 빛났다. 구불구불했던 흰 머리카락이 용수철처럼 퐁 솟아올랐다. 삐죽 올라오기 시작한 흰 머리카락이 부르르 떨렸다. 제법 길어진 머리카락은 원을 그리며 춤을 추듯이 흔들렸다.

"흔들려요!"

"어디, 어디!"

아이들은 먼저 흰머리 안테나를 보겠다고 한꺼번에 몰려들었다. 야단법석을 떨다가  키득대며 웃기 시작했다. 선생님 얼굴에도 배시시 미소가 번졌다.

'이야기 치료제를 어떻게 쓸까?'

선생님은 거울에 흰머리 안테나를 요리조리 비춰보며 곰곰이 생각에 빠졌다.

13

그러다가 율이와 눈이 딱 마주쳤다.

"선생님, 흰머리 안테나가 정말 고민 들어
줘요?"

율이는 왼쪽으로 누워있는 선생님의 흰머리
안테나를 쳐다보았다.

"그럼. 무슨 고민이야?"

선생님은 율이를 말끄러미 쳐다보았다.

"학교 끝나면 바로 피아노, 영어, 수학 학원에
가야 해요. 어떤 날은 과외선생님이 집으로 와요.
태권도 끝나고 집에 가서 자기 전까지 또 학원
숙제를 해야 해요."

율이는 말하는 동안에도 배가 사르르
아파서 힘이 없었다.

"저런, 힘들겠구나."

"저는 초등학생이라고요."

율이는 도대체 놀 시간이 없다며 투덜거렸다.

"요즘은 엄마 몰래 답지를 베끼고 있어요."

율이는 작은 목소리로 속삭였다.

"선생님도 그런 적 있어."

"엄마에게 들켜서 혼났어요. 다시

안 그러기로 약속했는데 그게 잘 안 돼요."

율이는 시무룩했다.

"앞으로 어떻게 할 거야?"

"음… 혼자 풀어보겠습니다."

"율이 생각에 선생님도 찬성 한 표!"

선생님은 율이에게 엄지를 내밀었다.

"선생님, 제 비밀 꼭 지켜줘야 해요?"

율이는 새끼손가락을 내밀었다.

"그럼, 다 잘될 거야!"

선생님은 손도장까지 꾹 찍었다.

"흰머리 안테나가 율이에게 용기 텔레파시를 보낼 거야."

선생님은 눈을 찡긋했다.

"선생님, 흰머리 안테나가 흔들려요."

"지금 너의 비밀을 저장 중이라서 그래."

선생님은 눈을 감고 코를 씰룩거렸다.

"내 비밀 이야기 들어볼래?"

율이는 귀를 쫑긋 세웠다.

"선생님 집에 커다랗고 파란 돼지 저금통이 있었거든. 문구점에서 새로운 과자를 발견한 거야. 너라면 어떡할래?"

"혹시, 돼지를요?"

율이 말에 왼쪽으로 누워있던 선생님의 흰머리 안테나가 조용히 일어났다.

"날마다 과자를 야금야금

16

사 먹었지. 저금통은 점점 가벼워졌어. 어느 날 아빠가 바늘 도둑이 소도둑 되는 이야기를 하길래 덜컥 겁이 나서 싹싹 빌었어.”

이야기를 마친 선생님은 크게 웃었다.

“속 시원하다!”

선생님의 흰머리 안테나가 하늘로 쭉 뻗어서 좌우로 흔들렸다.

“선생님, 기분 좋아요?”

“응. 기분 최고다!”

선생님은 흰머리 안테나가 보내준 용기 덕분이라고 했다.

“선생님, 저도 용기 내볼게요.”

율이는 결심한 듯 주먹을 꼭 쥐었다. 선생님처럼 코를 씰룩이며 뚜벅 뚜벅 걸어갔다.

흰머리 안테나 소문은 금세 퍼져나갔다. 선생 님을 기다리는 아이들도 늘어났고 흰머리 안테나도

움직임이 점점 많아졌다.

점심시간이 되었다.

아이들은 종이 울리자마자 급식실로 우르르 달려 나갔다.

"하아아함."

선생님은 읽고 있던 책을 펼쳐두고 꾸벅꾸벅 졸기 시작했다.

'기회가 왔어!'

호시탐탐 기회를 엿보던 결이가 살금살금 다가와 살며시 손을 뻗었다.

'딱 한 개만.'

결이는 선생님이 매일 쓰다듬던 제일 굵고 빛나는 흰머리 안테나를 골랐다.

'하나, 둘, 셋.'

숨을 크게 한 번 쉬고 흰머리 안테나를 쏙 뽑았다. 그때였다. 다른 흰머리 안테나들도 하늘을 향해 기지개를 켜듯이 움직였다.

"하아아함."

졸고 있던 선생님이 하품하며 갑자기 고개를 들었다. 깜짝 놀란 결이는 책상 아래로 몸을 재빨리 숨겼다. 콩닥콩닥 두근대는 심장 소리가 귀까지 울렸다. 선생님은 주머니에서 뒤적뒤적 거울을 꺼내더니 머리를 향해 들어 올렸다.

"어, 어? 없어, 없잖아!"

반쯤 감겨 있던 선생님의 눈동자가 휘둥그레졌다.

"내 안테나!"

흰 머리카락이 사라진 것을 발견한 순간, 선생님의 코가 두 번

씰룩거렸다. 선생님은 박수를 두 번 치더니 알쏭달쏭한 이
야기를 시작했다.

"괜찮아. 괜찮아. 다 때가 된 거야."

그동안 선생님은 흰 머리카락을 발견할 때마다 족집게
로 쏙쏙 뽑아내고, 가위로 싹둑 잘라내고, 염색도 해 보았
다. 하지만 앞다투어 올라오는 흰 머리카락을 막을 수는
없었다.

선생님은 지구 시간을 따라가기로 했다. 파리처럼 싹싹 비비며 손바닥 사이로 입김을 호호 불었다. 조심스럽게 연필을 집어 들더니 노트에 뭔가를 쓰면서 중얼거렸다.

"어느 날, 특별 안테나가 감쪽같이 사라졌어요. 어디선가 누군가의 소원을 가만히 듣고 있었어요. 때가 된 흰머리 안테나가 퐁 솟아올랐어요. 수리수리 수리부엉이 감자감자고 구마구마…."

흥얼흥얼 주문을 외우던 선생님 입꼬리가 씩 올라갔다. 흰 머리 안테나가 대답하듯 흔들거렸다.

　　'특별 흰머리 안테나?'

　　책상 아래에 쪼그려 앉은 결이는 주먹을 펼쳐보았다. 손바닥에 놓인 흰머리 안테나가 반짝 빛났다. 결이는 특별 안테나를 꼭 쥐고 빙그레 웃었다.

2

하얀 반창고

나는 우두커니 서 있는 자전거를 째려보았다. 빙글빙글 돌리던 신발주머니로 툭 건드려 보았다. 자전거는 힘없이 픽 쓰러졌다. 모른 척 냅다 줄행랑을 쳤다.

'흥!'

자전거 생각만 해도 심통이 났다.

"정아야!"

연수가 헐레벌떡 뛰어오며 소리쳤다.

"야, 김정아, 내 말 안 들려!"

숨을 몰아쉬며 달려온 연수가 편지를 내밀었다.

"이제 곧 내 생일이잖아…."

연수는 들떠서 계속 조잘거렸다.

"그래서?"

나는 퉁명스럽게 대답했다. 그때, 자전거가 쌩 지나갔다.

"꼬맹이들! 아직도 가는 중이냐?"

만날 나를 꼬맹이라고 놀리는 오빠는 늦게 출발해도 항상 학교에 먼저 도착했다. 소원이 있다면 오빠처럼 자전거를 타고 바람처럼 학교에 가는 것이다. 자전거는 빠르게 멀어졌다. 내가 할 수 있는 건 오빠 뒤통수를 오랫동안 째려보는 일뿐이었다.

"아빠가 생일 선물로 자전거 사준댔어."

연수의 말에 내 귀가 팔랑거렸다. 최대한 태연한 척 물었다.

"너, 자전거 못 타잖아."

"연습하면 돼."

연수는 뭐든 어려운 게 없다. 그냥 하면 된다고 생글거린다.

"나도 자전거 타고 싶어."

간절한 눈빛으로 연수를 봤다.

"우리, 학교 끝나고 연습할까?"

연수가 동그란 눈을 깜박이며 물었다.

"그래, 좋아."

오랜만에 연수와 나는 생각이 통했다. 얄미운 마음이 연기처럼 사라졌다. 방과 후에 나는 아빠에게 부리나케 달려갔다.

"아빠, 나도 자전거 갖고 싶어요."

"오빠 자전거 타면 되잖아."

아빠는 자전거 바퀴에 바람을 넣고 꾹꾹 누르며 시큰둥하게 대답했다.

"싫어요. 오빠가 쓰던 것만 쓰라고 하고. 치, 나도 새 자전 거 갖고 싶다고요."

"자전거도 못 타는 녀석이."

"연수는 생일 선물로 자전거 받는다고 했어요. 오빠처럼 자전거 타면 사준다고 약속해요. 꼭."

"자전거부터 타야지."

아빠는 호락호락 뭔가를 사준 적이 없다. 역시나 예상한 대답이었다. 나는 꼭 자전거를 타기로 결심했다. 오빠 자전 거는 여전히 마당에 떡하니 서 있었다.

'흥!'

힘껏 자전거를 걷어찼다. 빙글빙글 돌아가는 자전거 바퀴 처럼 머릿속도 어지러웠다. 나는 넘어진 자전거를 다시 일으 켜 세웠다.

'에잇'

끙끙대며 대문을 나왔다.

"왜 이제 와?"

기다리던 연수가 뿌루퉁한 얼굴로 물었다.

"아빠한테 자전거 사 달라고 졸랐는데, 자전거 못 탄다고 안 된대."

나는 시무룩하게 대답했다.

"그럼 연습해서 타면 되잖아."

"오빠 자전거 타래."

속이 부글부글 끓었다. 나는 딸깍 스위치를 켰다. 새 자전거 타는 모습을 떠올렸다. 상상 속에서 나는 바람처럼 달렸다. 내 작전은 연수보다 먼저 자전거를 타는 것이다. 큰소리 뻥뻥 치는 연수에게 자전거를 내밀었다.

"너 먼저 타."

"꽉 잡아. 꽉 잡았어?"

연수가 먼저 엉거주춤 자전거에 올라탔다. 자전거가 기우뚱거려서 놓칠 뻔했다.

연수는 자꾸만 뒤를 쳐다보느라 한 발짝도 가지 못했다. 자전거와 함께 넘어지기를 반복하면서도 포기하지 않았다.

"앞을 봐!"

나는 버럭 소리를 질렀다. 제멋대로 흔들리는 손잡이를 움켜쥐느라 손이 아팠다.

"으으아악!"

겨우 몇 발자국 굴러간 연수는 자전거와 함께 꼬꾸라졌다.

"꽉 잡아야지!"

연수가 주저앉아 신경질을 냈다.

"똑바로 앞을 보고 핸들을 틀어야지!"

징징대는 연수 때문에 확 짜증이 났다.

"그렇게 자신 있으면 타봐!"

벌떡 일어난 연수가 자전거를 일으켜 세워 내밀었다.

"잘 봐."

나는 눈에 힘을 팍 주고 냉큼 올라탔다. 자신 있게 발을 굴러 보았다. 자전거는 굴러가기도 전에 페달 밟는 쪽으로 기울어지며 넘어졌다. 나는 생각한 것보다 자전거 타는 재주가 없었다.

"봐, 너도 안 되잖아."

연수가 작은 입을 삐죽거렸다. 내 목소리는 자전거를 타기 전보다 작아졌다.

"이번엔 발 구르지 마. 내가 밀어줄게."

나는 자전거를 꽉 잡고 연수에게 내밀었다.

"중심만 잡아."

여전히 자전거는 휘청거렸다. 핸들을 꽉 잡은 손에서는 땀이 났다.

"간다, 간다!"

자전거는 비틀거리며 조금씩 앞으로 나갔다. 연수가 신나게 페달을 구르기 시작했다. 이제 좀 굴러가나 싶었지만 연수는 눈 깜짝할 사이 자전거와 함께 개울 속으로 처박히고 말았다.

"으으악!"

연수가 온몸에 흙탕물을 뒤집어쓰고 일어났다. 코에서는 코피가 주르륵 흐르고 있었다. 연수는 울상이 되어 소리쳤다.

"너 때문에 이게 뭐야!"

"그게 왜 나 때문이야. 그쪽으로 간 건 너잖아!"

나도 억울해서 소리쳤다.

"너랑 자전거 안 타!"

연수는 다시 주저앉아 울음을 터트렸다.

"그럼, 생일 선물 받은 자전거는 영영 못 타겠네?"

"그건 안 돼!"

연수는 꼬질꼬질한 얼굴을 세차게 흔들었다.

"다시 타 보자. 응?"

연수는 훌쩍이며 고개를 또 세차게 끄덕였다. 나는 연수에게 손을 내밀었다. 검은 알갱이들과 썩은 나뭇잎들이 덕지덕지 붙어 있었다. 연수는 못 이기는 척 손을 덥석 잡고 일어났다. 피식 웃음이 나오는 것을 겨우 참았다.

"조금 더 갈 수 있었는데…. 내일은 혼자 탈 수 있을 것 같아."

연수는 아쉬운 듯 구시렁대며 집으로 갔다.

다음 날 아침, 연수는 아침밥도 먹는 둥 마는 둥 하고 달려왔다. 연수가 끌고 온 자전거는 오빠 자전거보다 훨씬 더 커 보였다.

"오늘은 내가 먼저 탈게. 꽉 잡아."

"그래."

나는 자신 있게 자전거에 올라탔다. 흔들거렸지만 제법 멀리까지 갈 수 있었다.

"연수야, 손 놔봐!"

"너 혼자 가고 있어!"

갑자기 핸들이 제멋대로 움직였다. 자전거는 휘청거리며 달리다가 그만 나무에 부딪혔다. 바닥에 무릎이 쓸려서 따끔거렸다. 부어오른 무릎에서 빨간 피가 흘렀다.

"괜찮아?"

연수가 소리치며 달려왔다.

"응. 갑자기 핸들이 움직였어."

"나도 그랬어."

내 말에 맞장구치던 연수가 자전거를 일으켜 세웠다.

"이번엔 내가 탈게. 꽉 잡아. 내가 놓으라고 할 때까지 손 놓지 마."

연수가 탄 자전거가 흔들흔들 굴러가기 시작했다. 다섯 발자국, 열 발자국 점점 앞으로 나갔다. 자전거가 빨라질수록 꽉 잡은 손은 더 아팠다.

"연수야, 잘 가고 있어?"

자전거는 여전히 휘청휘청 비틀거렸다. 나는 휘청거리는 자전거를 붙잡고 끙끙대느라 앞을 볼 수가 없었다.

"몰라."

연수는 제멋대로 움직이는 핸들만 쳐다보느라 앞을 볼 겨를이 없었다.

"핸들 틀어!"

나는 다급하게 소리쳤다. 자전거는 다리 쪽을 향해 빠르게 굴러가고 있었다.

"연수야!"

나는 자전거를 힘껏 붙잡으며 소리쳤다.

"으아아아악!"

연수는 눈 깜짝할 사이 자전거와 함께 다리 밑으로 떨어졌다. 물소리도 들리지 않았다. 나는 꼼짝할 수가 없었다. 무서웠다. 가슴에서 쿵쿵 천둥소리가 울렸다. 아래를 볼 용기가 나지 않았다. 텅 빈 것처럼 더 이상 아무 생각도, 소리도 들리지 않았다.

"사람 살려요! 살려주세요!"

나는 소리치며 다리 아래로 뛰어갔다. 어떻게 해야 할지 몰랐다. 울음만 터져 나왔다. 자갈 사이로 빨간 피가 흘러나오고 있었다. 연수는 죽은 것처럼 꼼짝하지 않았다.

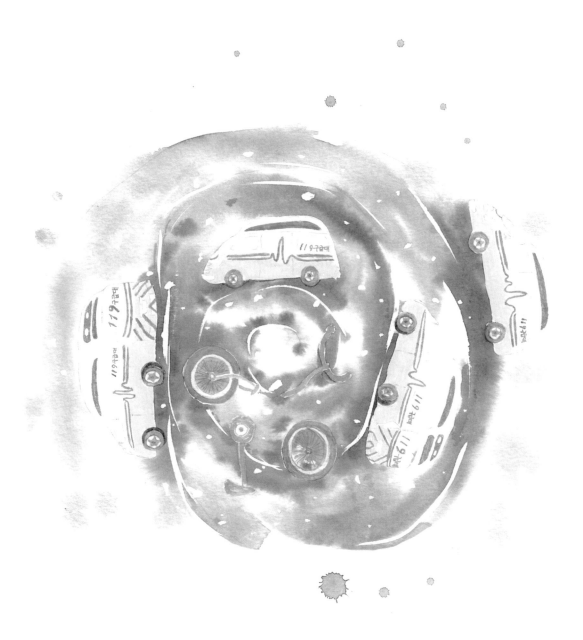

34

"연수야!"

나는 연수를 부르고 또 불렀다. 사람들이 몰려나왔다. 119 구급차가 도착했다.

연수는 구급차에 실려 갈 때까지 깨어나지 못했다.

'아니야, 내 잘못이 아니야. 붙잡았어, 붙잡았는데. 힘이 없었어…'

연수가 입원하던 날, 나는 다리에서 떨어지는 악몽을 꾸었다. 구급차 사이렌 소리가 밤새 들렸다. 모든 게 내 잘못인 것 같아 미안했다. 눈물이 멈추지 않고 흘렀다. 연수가 못 깨어날까 봐 무서웠다.

"연수야, 안 돼!"

아빠가 나를 흔들어 깨웠다.

"연수는 이제 많이 나았어."

아빠는 글썽이는 나를 가만히 쳐다보았다.

"퇴원하기 전에 연수 얼굴 보러 가야지."

"연수가 저 때문에 다쳤잖아요. 제가 더 꽉 잡았으면 안 떨어졌을 텐데. 미안하다고 이야기하고 싶은데 용기가 안 나요."

"연수가 너 보고 싶어 해."

아빠가 휴대폰을 열었다. 사진 속 연수는 하얀 붕대를 감고 활짝 웃고 있었다. 오동통한 두 볼과 작은 입을 보는 순간, 걱정했던 마음이 스르르 사라졌다. 나는 스케치북을 가져와 그림을 그리고 편지를 썼다.

나의 친구, 연수에게

연수야, 내가 자전거를 더 꽉 붙잡지 못해서 미안해. 너를 다시 볼 수 있어서 정말 다행이야.

너의 친구 정아

나는 병실 문을 가만히 바라보았다. 숨을 크게 쉬고 조심스럽게 문을 열었다. 연수와 두 눈이 딱 마주쳤다. 나와 연수는 동시에 빙그레 웃었다.

"연수야, 이제 괜찮아?"

"응, 병원에만 있으니까 답답해."

내가 내민 스케치북을 들여다보던 연수 얼굴이 보름달처럼 환해졌다.

연수가 퇴원하는 날, 병원 앞에는 빨간 리본을 단 자전거 두 대가 기다리고 있었다. 연수와 나는 손바닥을 마주쳤다.

"자, 출발한다!"

연수 이마에 하얀 반창고가 빛나고 있었다.

③ 은서의 생존수영

"모두, 출발!"

나는 가슴에 손을 얹고 침을 꿀꺽 삼켰다. 꼭 쥔 손에서는 땀이 나고 있었다. 버스가 도착하자 아이들은 와 하며 수영장을 향해 뛰어갔다. 커다란 유리 안쪽에는 수영하는 사람들로 가득했다.

"휴, 어떡하지…"

유리에 맺힌 물방울을 만지작거리며 중얼거렸다.

"겁쟁이 최은서!"

현우는 나를 놀려야 할 순간을 귀신같이 잘 안다. 짜증이 훅 올라왔다. 주먹을 들어 올리자 현우는 혀를 쏙 내밀고

탈의실로 냉큼 사라졌다. 샤워실은 물소리로 가득했다. 수영복을 갈아입는 동안에도 심장은 제멋대로 콩닥거렸다. 아이들은 들뜬 마음으로 스트레칭을 하고 수업을 시작했다. 선생님이 내 이름을 불렀지만 나는 입구에 선 채로 한 발자국도 움직일 수 없었다.

'결석할 걸 그랬어.'

수영장 한쪽 끝에 조용히 걸터앉아 있었다. 발끝에 닿는 물은 차가웠다. 아이들이 물 위를 떠다니며 장난치는 모습을 물끄러미 보고 있을 때였다. 누군가 내 등을 힘껏 떠밀었다.

"아-악!"

중심을 잃은 몸에 물이 닿는 순간, 돌이 된 것처럼 꼼짝할 수 없었다. 거세게 몰아치는 물이 코와 입에 가득 차올랐다. 몸부림칠수록 숨은 더 막혀 왔다. 살려달라고 외치는 내 목소리는 물에 잠겼다. 몸은 수면 아래로, 아래로 가라앉았다.

'아빠…'

온 힘을 다해 한 번 더 물을 차올랐다.

"삐-익!"

그때, 선생님이 호루라기를 불며 붙잡아 주었다. 물이 한꺼

번에 코와 입에서 흘러나왔다. 기도로 들어간 물 때문에 기침이 멈추지 않고 나왔다. 기침과 울음소리가 수영장 안을 가득 채웠다.

"은서야, 괜찮아. 이제 괜찮아."

선생님은 바들바들 떨고 있는 내 손과 다리를 주물러 주었다.

생존수영 수업이 있는 날에는 약속한 것처럼 배가 아팠다. 점점 결석하는 날이 많아졌다.

"은서야."

어느 날, 아빠가 내민 상자 안에는 수영복, 모자, 수경 등이 들어 있었다.

"아빠, 물이 무서워요. 수영 배울 자신이 없어요."

"아빠도 너처럼 어릴 때 물이 무서웠어."

아빠는 앨범을 펼쳤다. 나를 닮은 조그만 아이가

친구와 나란히 웃고 있었다. 아빠는 손가락으로 친구 얼굴을 천천히 쓰다듬었다.

"아빠의 목숨을 구해준 친구야. 그 친구 덕분에 수영을 배울 용기를 갖게 된 거야. 은서야, 하고 싶을 때 천천히 시작해도 괜찮아."

아빠에게 깜짝선물을 받고 수영을 배워보기로 결심했다.

수영 수업이 시작되면 아이들은 신나게 장난치며 오리들처럼 물 위를 둥둥 떠다녔다.

"은서야, 천천히 시작해도 돼."

선생님은 긴장해서 앉아 있는 내게 손뼉 맞장구를 쳐주었다.

"으으음파."

아이들은 선생님을 따라 벽을 붙잡고 '음' 하며 물속으로 가라앉았다가 '파' 하며 물 밖으로 머리를 내밀었다. 아이들은 뻐끔뻐끔 잉어들처럼 물거품을 만들며 '음파'를 연습했다.

"선생님, 저 사람들은 왜 걸어 다니기만 해요?"

"다리가 불편하거나 아직 수영하기 힘든 분들이야."

물속을 천천히 걸어 보았다. 가벼운 발걸음은 달에 착륙하는 우주인을 떠올리게 했다. 달에 착륙한 나는 깃발을 흔들었고 사람들은 환호했다. 마음도 찰랑찰랑 물결처럼 차분해졌다. 아이들 발끝에서는 물보라가 로켓 발사처럼 만들어졌다. 이제 아이들은 양팔로 물살을 잡으며 물을 차고 나갔다. 나는 아직도 '음파'를 할 수 없었다.

'그만둘까?'

마음은 그만 포기하라고 했다.

'지금 그만두면 안 돼. 아빠와 약속했잖아.'

아빠는 언제라도 배울 수 있다고 했지만 쉽지 않았다. 하지만 끝까지 해내고 싶었다.

"은서야, 발차기해 볼래?"

선생님이 손을 붙잡아 주었다.

"은서야, 힘을 조금만 빼."

'나는 해파리다. 문어다. 오징어다…'

수없이 주문을 걸었지만, 몸은 쌀쌀맞게 마음을 모른 척했다. 다리는 제멋대로 기울어지며 자꾸만 가라앉기를 반복했다. 답답했다.

"지금 편안히 엎드려 있는 거야."

선생님은 벽을 잡게 하고 다리를 쭉 펴게 했다. 선생님은 마법사처럼 주문을 전수해 주었다.

'힘을 빼고. 천천히, 천천히⋯. 포기는 엄마가 배추 살 때 하는 말이라고.'

나는 계속 중얼거렸다. 그 마음이 통했을까?

"떴어!"

어느 순간, 다리가 둥실 떠올랐다. 꽉 막힌 코가 뻥 뚫려 숨을 쉬게 된 것처럼 시원했다. 발차기는 과연 마법처럼 빠르게 나갔다.

"너는 발차기하러 수영장에 왔냐?"

현우가 끼어들며 얄밉게 놀려댔다. 더는 우쭐대는 모습을 봐 줄 수가 없었다.

"왜, 너보다 발차기 잘하니까 약 오르냐?"

일단 큰소리부터 쳤다. 나도 킥판 없이 물을 차고 나가고 싶었다. 여전히 물소리가 숨 막혔지만 뭔가를 보여줘야 했다. 현우 코를 납작하게 만들어 주고 싶었다.

"나랑 시합해!"

나도 모르게 '시합'이 튀어나왔다. 여기서 그냥 물러설 수는 없었다. 수영의 기본은 발차기라는 것을 보여주고 싶었다.

"넌, 나한테 안 돼!"

현우가 코웃음을 쳤다.

호루라기 소리에 맞추어 출발했다. 현우가 빠르게 차고 나갔다. 100미터 지점에서 돌아오는 현우는 돌고래처럼 빨랐다. 먼저 도착한 현우는 숨을 헉헉대며 승자처럼 웃었다.

"이번에도 안 될걸."

"아니야, 우리 아빠가 포기하지 않고 끝까지 하면 잘할 수 있다고 했어!"

눈물이 핑 돌았다. 지금 할 수 있는 것은 발차기뿐이지만 언젠가는 두 팔로 물을 잡으며 수영하고 싶었다. 쿵쾅쿵쾅 심장 소리가 온몸을 울렸다.

'후회하게 될걸. 박현우!'

현우 속도가 점점 느려지고 있었다. 기회가 왔다. 입을 앙 다물고 있는 힘껏 발차기했다. 드디어 호루라기 소리가 울렸다. 나는 현우보다 먼저 도착했다. 아이들은 승자의 웃음이 사라진 현우를 놀렸다.

"킥판 잡고 하는 시합이 어디 있나? 내가 봐준 거다!"

납작코가 된 현우가 손바닥으로 물을 뿌리며 씩씩거렸다.

"나도 할 수 있어!"

나는 수영장이 쩌렁쩌렁 울리도록 큰소리쳤다. 숨을 크게 들이마시고 자신 있게 두 손을 앞으로 쭉 내밀었다. 동시에 몸은 기우뚱하며 물속으로 가라앉고 말았다. 얄미운 박현우는 콜록거리는 나를 보고 깔깔거렸다.

"할 수 있다더니, 꼴좋다!"

현우는 히죽히죽 웃었다.

'각오해, 박현우.'

콧물인지, 눈물인지 모를 매운 물이 자꾸만 흘러나왔다. 킥판 놓고 수영하고 싶은 마음을 현우는 알까? 다른 사람보다 수영을 잘하고 싶은 마음은 없다. 물이 무섭지 않았으면 하는 마음뿐이었다. 바다에 빠진 이후, 내 귀에는 물소리를 크게 전달하는 어떤 장치가 만들어진 것이 분명했다.

"은서야, 시합에 참여해 볼까?"

"저는 아직 음파도 못 하는데요."

"자, 너를 지켜 줄 꼬맹이다."

선생님이 손바닥을 펼치자 작고 말랑한 귀마개가 놓여 있었다. 귀마개 덕분에 천둥처럼 컸던 물소리가 작게 들렸다. 나는 꼬맹이와 '음파' 연습을 함께했다. 물소리는 현우처럼 여전히 내 귓가를 따라다녔다. 아무렇지도 않게 수영하는 아이들이 부러웠다.

'노력해도 안 되는 걸까?'

연습은 쉽지 않았다. 수영장을 뛰쳐나가고 싶을 때마다

아빠의 응원을 떠올리며 한 바퀴씩 더 연습했다.

"그래, 그렇게 밀면서 물을 잡아. 다리 쭉 펴고, 발차기 멈추지 말고!"

선생님은 자세를 잡아주며 응원해 주었다. 발차기 연습 덕분에 속도는 빨라졌다.

드디어 시합 날이 되었다.

심장 소리가 온몸을 울렸다. 아빠가 나를 향해 엄지를 들어 올리며 활짝 웃었다.

호루라기 소리에 맞춰 출발했다.

'꼭 해낼 거야!'

나는 나에게 소리쳤다. 물소리가 커지려 할 때마다 아빠를 떠올렸다. 아이들은 빠르게 물을 차고 나갔다. 숨은 차올랐고 팔과 다리는 점점 느려졌다.

'힘내, 다 왔어!'

그때였다. 갑자기 종아리가 딱딱하게 굳었고 발가락은 뒤틀렸다. 통증 때문에 더 이상 물을 차고 나갈 수 없었다.

'여기서 멈출 수 없어!'

나는 양팔로 물을 잡고 앞으로 나갔다. 종아리와 발가락은 계속 아팠다. 빠르게 앞서 나가는 아이들을 보며 아빠가 했던 말을 생각했다. '서툴러도 끝까지 해 보는 멋진 사람'. 포기하지 않는 모습을 아빠에게 보여주고 싶었다. 마지막 숨을 내쉬며 고개를 들었을 때, 환호와 박수 소리가 들렸다.

"우리 딸, 잘했어. 끝까지 해낼 줄 알았지."

아빠는 굳어진 종아리와 발가락을 주물러주며 생글생글 웃었다.

"아빠 응원 덕분이야."

나는 아빠를 두 팔로 꼭 끌어안았다.

4

리모컨 아이

"우리 엄마는 내 생각 같은 건 안 물어봐. 그냥 엄마가 하라는 대로 하면 된대."

나는 그네에 앉아 힘없이 말했다.

"너, 진짜 힘들겠다."

"응, 집에 가기 싫어."

엄마 잔소리가 벌써 쩌렁쩌렁 울리는 듯했다.

"힘들다고 말해."

"나도 그러고 싶은데…. 무서워."

"엄마들도 학원 다녀봐야 해."

지수는 벌을 내려야 한다고 목소리를 높였다. 그런 지수는 방과 후에 학교 도서관으로 달려간다. 실컷 책을 읽다가 가고 싶은 학원만 다닌다.

"하고 싶지 않다고 말해. 꼭."

걱정 없이 집에 가는 지수가 부러웠다. 텅 빈 놀이터에는 혼자뿐이었다. 발걸음은 터벅터벅 느렸고 집은 멀었다. 망설이다가 겨우 초인종을 눌렀다.

"지금 몇 시야? 전화도 안 받고. 학원도 빠지고 어디 있다가 이제 온 거야? 시험은?"

엄마가 궁금한 것은 내가 아니었다.

"너, 오늘부터 휴대폰이랑 게임은 금지야."

"엄마는 시험이 더 소중해?"

"중요하지. 엄마가 시키는 대로 했으면 문제를 왜 틀려."

"나도 열심히 했어."

"엄마 말 안 듣더니 이게 점수야!"

"엄마, 미워!"

엄마는 내 말을 듣지 않았다. 눈물은 멈추지 않고 흘렀다. 학교 끝나면 영어학원

차를 탔다. 끝나면 수학 학원으로 갔다. 스트레스 해소를 위해서 피아노 하나쯤은 연주할 수 있어야 했다. 체력을 위해 운동 역시 해야 했다. 그 외에 학습지를 풀어야 했다. 학원이 끝나자마자 날아오는 엄마의 확인 문자에 따라 움직이는 나는 엄마의 리모컨이었다. 쏟아지는 눈물을 닦고 스케치북을 펼쳤다.

'엄마가 나 대신 학원 다니면 좋겠어.'

엄마는 세상에서 제일 무거운 가방을 메고 있다.

'엄마는 가방을 내려놓을 수 없어.'

가방 안에는 암호로 가득한 교과서, 외워지지 않는 영어 단어, 펼치는 순간 두통이 생기는 한자 책, 풀리지 않는 수학 책, 읽을수록 헷갈리는 논술 책이 들어 있다. 엄마는 가방을 메고 학원이 끝날 때마다 다른 학원으로 뛰어다닌다.

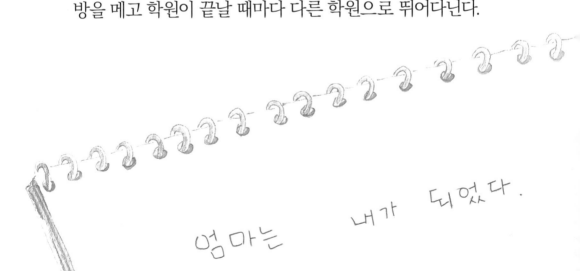

엄마는   내가   되었다.

단어를 외우고, 숙제하고, 문제 풀고, 시험 보는 엄마의 한숨이 이어진다. 나는 집에서 전화기를 들고 있다.

나는 스케치북에 '엄마는 내가 되었다'라고 쓴다.

욕실 문을 열었을 때 놀란 엄마가 나를 쳐다본다.

"엄마!"

"민주야!"

엄마와 나는 동시에 소리친다.

"도대체 어떻게 된 일이지?"

내가 된 엄마는 집 안을 왔다 갔다 하며 계속 중얼거린다. 엄마가 된 나는 거울 속 엄마 얼굴을 자세히 들여다본다.

"엄마, 학교는 어떡해?"

엄마는 나 대신 어쩔 수 없이 학교에 간다.

"엄마, 학교 잘 다녀와."

나는 입술을 삐죽 내밀고 엄마를 쳐다본다.

"민주 너, 게임하고 놀기만 하면 안 돼. 책 읽고, 독서 노트 적고, 영어단어 외우고, 수학 문제 풀고, 급수 시험 한자 써 놓고, 모두 확인할 거니까 빠짐없이 해."

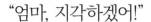

"엄마, 지각하겠어!"

내가 시계를 보며 소리친다. 잔소리하던 엄마는 현관문을 활짝 열어 두고 헐레벌떡 뛰어간다.

"야호!"

나는 엄마가 없는 집을 폴짝폴짝 뛰어다닌다.

"게임 좀 해 볼까."

매일 이런 날이면 좋겠다. 엄마가 숨겨 놓은 과자를 찾는 건 쉽다. 달콤하고 짭조름한 과자가 걱정을 잊게 해준다. 시간은 번개처럼 지나간다. 모처럼 레벨이 올라가니 기분이 최고다.

학교는 개미 발소리도 들리지 않는다. 내가 된 엄마는 계단 앞에서 어디로 가야 할지 몰라 두리번거린다.

그때, 지수가 뛰어온다.

"민주야, 안 들어가고 왜 서 있어?"

"으응."

엄마는 어색하게 대답한다.

'민주랑 같은 반 친군가?'

"어제 너, 엄마한테 말했어?"

"무슨 말?"

엄마는 말똥말똥 지수를 쳐다본다.

"학원 그만 다니고 싶다고 했어?"

지수는 계단을 올라가는 발에 힘을 주며 또박또박 말한다.

"내가?"

"김민주, 왜 다른 애처럼 굴어? 기억 안 나?"

지수는 올라가던 계단을 멈추고 엄마 얼굴을 바짝 들여다본다.

"너, 어제 엄마한테 많이 혼났구나?"

지수는 교실로 들어가며 고개를 갸우뚱한다.

'임.지.수. 우리 딸 짝꿍이구나.'

엄마는 지수를 따라 쪼르르 자리에 앉는다.

아이들은 참새처럼 종일 종알거린다.

아이들은 쉬는 시간마다 시작종이 울릴 때까지 뛰어다닌다.

아이들 때문에 엄마는 두 귀가 먹먹했다.

　"모두 입 다물어!"

　엄마는 벌떡 일어나 소리친다.

　동시에 아이들도 엄마를 쳐다본다.

　"왜 저러냐?"

　"너도 어제까지 뛰어다녔잖아."

　"너나 조용히 해."

아이들에게 엄마 잔소리는 통하지 않는다.

"민주야, 어디 아파? 오늘 너 정말 이상해."

지수가 눈을 동그랗게 뜨고 엄마를 쳐다본다. 엄마는 어깨를 들썩이며 숨을 크게 쉰다. 눈동자를 좌우로 움직이더니 결심한 듯 속삭인다.

"비밀인데. 사실은 나, 민주 엄마야."

"뻥 치시네."

지수는 어이없는 표정으로 엄마의 두 볼을 힘껏 잡아당긴다.

"정말이야."

"민주야, 얼마나 힘들었으면 이젠 스스로 엄마라고 생각하는구나?"

지수는 엄마 이마에 손을 대 보더니 고개를 흔든다.

"민주야, 집에 일찍 들어가는 게 좋겠어."

'이건 악몽일 거야.'

하루가 백년 같았던 엄마는 머리를 세차게 흔든다. 그때, 주머니에서 시끄럽게 핸드폰이 울린다.

'어? 우리 딸 민주네.'

"엄마, 어디야? 방과 후 끝났어? 수학이랑 영어학원에 가서 숙제 받아와야 해. 피아노 대회 있으니까 빠지면 안 돼."

"뭐? 어? 학원이 그렇게 많았어?"

"엄마는 나보고는 빠지지 말고 다니라고 잔소리했으면서 기억 못 해?"

"알았으니까 끊어!"

"지수야, 나 학원 간다."

"너는 학원이 아니라 병원에 가야 해."

지수는 걱정스러운 눈빛으로 쳐다본다.

영어학원에 도착하니 시험지를 벌써 나누어 주고 있다. 어떻게든 시험을 보고 싶지 않았다. 엄마는 재빠르게 머리를 굴린다.

"선생님, 엄마가 집에 일찍 오라고 했어요."

엄마는 간절한 눈빛으로 쳐다본다.

"그래?"

선생님은 집에 전화를 한다. 나는 엄마가 그랬던 것처럼 전화를 받는다.

"문제 풀고 단어 시험까지 끝내지 않으면 집에 절대 보내 주시면 안 됩니다."

"민주, 거짓말은 안 돼."

엄마 핑계는 선생님에게 통하지 않았고 엄마는 울상이 된다.

'어휴, 뭐 이렇게 어려운 거야.'

엄마는 꼼짝없이 앉아 시험지를 뚫어져라 본다. 단어의 뜻 과 철자가 헷갈려서 쓰고 지우기를 반복한다. 답답하고 슬 슬 짜증이 나기 시작한다. 빈칸을 겨우 채워 시험지를 내민다.

"민주야, 어제 무슨 일이 있었어?"

선생님은 엄마와 채점한 종이를 번갈아 쳐다본다.

"민주는 틀린 게 더 많아서 남아야겠다."

"선생님, 머리가 아파요."

엄마는 은근슬쩍 조른다.

"안 돼. 민주. 끝나기 전에는 집에 못 가."

엄마의 모든 작전은 실패한다.

'설마… 꿈일 거야.'

엄마는 머리가 뱅글뱅글 돌기 시작한다. 머리를 세차게 흔든다. 볼을 꼬집어보기도 한다. 무거운 가방을 메고 온종일 끝말잇기처럼 학원을 쫓아다닌 엄마의 어깨는 축 늘어져 있다.

집에 도착한 엄마가 현관문을 연다. 나는 활짝 웃으며 서 있다.

엄마는 라면이 놓여 있는 식탁 의자에 털썩 앉는다.

"나 대신 학교 가니까 어땠어?"

나는 두 귀를 쫑긋 세우고 엄마의 눈치를 살핀다.

"너희 반 떠들기 대회 나가면 1등 하겠더라."

"놀고 싶은 아이들이잖아. 아이들 이름 몰라서 어떻게 했어?"

"너는 엄마 이야기를 공짜로 듣겠다는 거야?"

"치사하게. 그럼 나도 엄마가 계속 학교 다니게 할 거야. 집에서 전화기만 들고 있으니까 아주 편했어. 학원은 어땠어?"

"무슨 학원을 그렇게 많이 다녀. 놀 시간도 없이."

엄마는 깜짝 놀라서 손으로 입을 막는다.

"엄마가 다니라고 한 학원이야."

"민주야, 우리 딸 마음도 모르고 엄마가 미안해. 오늘 종일 물구나무 선 기분이다."

엄마는 이야기를 멈추고 가만히 나를 쳐다본다.

"민주야, 다니고 싶은 학원만 말해봐."

"우선 스트레스 해소를 위해 지수와 학교 도서관을 다녀 볼게. 책 속에는 여러 길이 있다고 지수가 그랬어. 그리고 다니고 싶은 학원은 천천히 생각해 볼게."

엄마는 내가 되어 학교와 학원에 가 보더니 진정한 엄마가 되는 방법을 터득한 모양이다. 다행이다.

"엄마 마음 바뀌기 전에 말해라. 이제 우리 딸이 끓인 라면을 먹어 볼까?"

엄마는 생긋 웃으며 젓가락을 든다.

"오호, 맛있는걸."

나는 엄마와 라면을 먹으며 이야기하는 모습을 그린다.

드디어 '엄마는 엄마가 되었다.' 라고 쓴다.

"김민주, 일어나!"

엄마가 이불을 획 젖혔다.

"지금 안 일어나면 지각이야. 책상이 또 이게 뭐니. 정리하는 학원 있으면 너는 꼭 가야 해."

엄마는 책상 위에 펼쳐진 스케치북을 보았다.

'어머머, 이게 뭐야?'

스케치북을 한 장씩 넘겨보았다. 엄마의 두 눈은 점점 더 커다래졌다. 엄마는 민주가 그린 그림들을 보고 스케치북 가득 써 놓은 이야기를 읽고 또 읽었다.

"민주 너, 도서관에 갔다가 그림 배우러 다니면 어때?"

엄마가 처음으로 나에게 뭘 배우고 싶은지 물어보았다.

5

소원 스케치북

"야, 땅꼬마!"

찬이는 내 어깨를 밀치며 히죽 웃었다.

"이게 사람이냐?"

찬이는 틈만 나면 나를 놀렸다.

나는 눈에 힘을 주고 크게 떴다. 하고 싶은 말은 입속에서 맴돌았고 금세 눈물만 차올랐다. 찬이는 반에서 힘도 세고 싸움도 제일 잘했다. 아이들에게 나서기 대장이고, 툭 하면 짜증 내고 싸움부터 걸었다. 찬이가 우기면 아무도 말릴 수가 없었다.

"그림은 선생님 책상 위에 올려놓으세요."

마지막에 그림을 내고 교실을 나왔다. 오늘따라 미술학원 가는 길이 멀게 느껴졌다.

"안녕하세요."

나는 작은 목소리로 인사했다.

"경수야, 왜 이렇게 힘이 없어?"

선생님은 스케치북을 꺼내는 나에게 물었다.

"학교에서 과학 상상화 그리기를 했는데 찬이가 놀렸어요."

"속상했겠다."

선생님도 나를 보며 눈에 잔뜩 힘을 주었다.

스케치북은 삐죽삐죽한 선들로 가득했다.

"선생님, 경수는 낙서만 해요."

아이들이 모두 나를 봤다. 금세 눈물이 고였고 주먹은 뜨거워졌다. 꽉 다문 입술을 잘근잘근 깨물었다.

나는 벌떡 일어나 뛰쳐나갔다. 선생님이 불렀지만 돌아보지 않았다. 눈물이 멈출 때까지 달렸다. 멀리 놀이터가 보였다. 뜨거워진 손바닥은 좀처럼 식지 않았다. 그네에 앉아 있으니 엄마 생각이 났다.

"엄마가 늘 우리 경수 지켜줄 거야."

엄마가 돌아가시기 전에 했던 말이 떠올랐다.

'엄마! 나, 지금 뿔났어. 아이들이 내 그림을 보고 자꾸 놀려. 말하고 싶은데 눈물이 먼저 나와.'

엄마에게 가만가만 이야기했다.

'엄마, 그렇지만 나 노력해 볼게.'

엄마에게 말하고 나니 기분이 한결 나아졌다. 뜨거웠던 주먹을 펴고 왔던 길을 씩씩하게 다시 걸었다.

"경수야, 선생님이 많이 기다렸는데…."

선생님은 뾰로통한 내 얼굴을 말끄러미 쳐다보았다.

"놀이터에 갔다 왔어요."

"그랬구나. 오늘은 이 스케치북에 그려봐. 스케치북이 완성되면 전시회를 할 거야."

선생님은 주문을 외우듯 가만히 속삭였다.

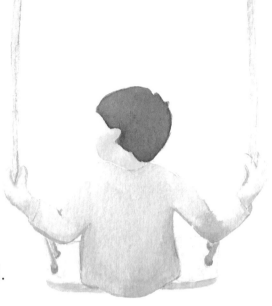

"소원 스케치북이거든."

선생님은 한쪽 눈을 찡긋
했다.

"소원 스케치북이요?"

나는 스케치북을 바라봤다.

'나도 그림을 잘 그리고 싶어.
스케치북은 내 마음을 알까?'

나는 가만히 눈을 감고 소원을 빌었다.

엄마, 아빠와 함께 구경 갔던 농구장이 떠올랐다. 경기를
보러 갈 때마다 응원하는 팀이 꼭 승리했다. 엄마는 행운의
왕자님이 응원했기 때문이라고 했다.

'엄마.'

엄마를 생각하며 그림을 그리기 시작했다.

'상대편 선수들을 뚫고 골문까지 오는 선수를 그리자. 역
전 골을 그려볼까? 응원하는 사람들의 표정도 그려 넣고,
우리 팀이 이겼으니까 아빠와 손바닥을 부딪치는 모습도 이
렇게 그리면 되겠지.'

'우리 경수, 최고!'

엄마의 응원이 들리는 듯했다.

'나도 할 수 있어.'

어느새 스케치북은 그림으로 가득했다. 기분이 날아갈 것
처럼 가벼워졌다. 아빠와 농구했을 때도 떠올랐다.

"경수야, 이길 때도 있고 질 때도 있는 거야."

아빠는 뾰로통한 나에게 언제나 다정하게 이야기해 줬다.
요즘은 비상근무 때문에 아빠를 자주 볼 수 없었다.

'아빠의 비상근무가 나에게도 생겼으면 좋겠다. 그러면 아
빠랑 농구 보러 갈 수 있을까? 스케치북은 내 마음을 알까?'

나는 가만히 소원을 빌었다.

다음 날, 체육 시간에 3반과 피구 시합을 했다. 농구 경기를 보는 것과 직접 시합하는 것은 왜 차이가 날까? 실전에서 내 몸은 마음처럼 움직여지지 않았다. 내가 공을 피해 갈팡질팡하는 사이 우리 반은 3대 2로 졌다.

"땅꼬마, 그것도 못 피하냐?"

찬이가 히죽거렸다.

"못 피할 수도 있지 뭐."

나는 태연한 척 목소리를 높였다.

"너 때문에 졌잖아."

찬이가 작은 눈을 치켜뜨고 턱을 내밀며 으름장을 놓았다.

"이길 수도 있고 질 수도 있는 거야. 우리 아빠가 그랬어."

나는 침착하게 말했다. 궁금한 아이들이 참새 떼처럼 포르르 모여들었다.

"야, 땅꼬마."

찬이가 내 어깨를 확 밀쳤다.

"내 이름은 경수야."

찬이를 똑바로 보며 또박또박 말했다. 어깨를 펴고 아빠가 했던 말을 떠올렸다. '넌 소중한 사람이야. 누구도 너를 괴롭히게 하지 마!' 찬이에게 더 이상 땅꼬마가 되고 싶지 않았다.

그때, 선생님의 호루라기 소리가 들렸다.

"이쪽으로 모이세요."

"경수 너, 학교 끝나고 보자."

찬이가 주먹을 치켜들었다.

"나, 학교 끝나면 바빠."

이제 찬이가 겁나지 않았다. 어깨를 쭉 펴고 걸었다.

'오늘은 어떤 소원을 그려볼까?'

소원 스케치북을 생각하니 입꼬리가 저절로 올라갔다.

찬이는 나를 몰래 따라왔다. 기웃대는 찬이에게 보란 듯이 웃고, 이야기하고, 그림을 그렸다.

'찬이 녀석, 지금쯤 궁금해서 펄쩍 뛰겠지?'

다음 날, 학교에서 산에 갔다. 동물원까지 연결된 산길은 복숭아꽃이 피어 분홍빛이었다.

"선생님, 다리 아파요."

가파르고 구불구불한 산길을 올라가며 아이들은 투덜댔다.

"이건 굴참나무야."

경수가 걸어가며 아이들에게 나무 이름을 가르쳐주었다.

"경수야, 이 나무 이름도 알아?"

"너도밤나무예요."

대답하는 경수의 두 눈이 반짝였다.

"땅꼬마. 아니, 김경수."

찬이가 은근슬쩍 다가와 말을 걸었다.

"요즘 너, 수상하다."

"내가?"

"그래, 울지 않고 말도 잘하잖아. 어떻게 된 거야?"

"아, 그게 궁금해?"

"아니 뭐, 그렇게 궁금한 건 아닌데."

"너, 소원 스케치북 알아?"

"소원 스케치북?"

찬이는 고개를 갸우뚱했다.

"궁금하면 내일 미술학원으로 와."

나는 알쏭달쏭하게 말하고 재빨리 뛰어갔다.

드디어 전시 날이 되었다.

전시를 알리는 포스터가 상가마다 붙었다. 초대장도 보냈다. 햇살이 가득한 파란 하늘에 솜사탕 같은 구름이 천천히 흘러갔다. 사람들은 가로수마다 걸려 있는 그림을 보며 천천히 지나갔다.

나는 아빠 손을 잡고 그림을 감상했다.

"우리 아들은 어떤 그림을 그렸을까?"

"아빠, 엄마랑 함께 갔던 곳을 그렸어요."

아빠는 고개를 끄덕이며 그림을 자세히 보았다.

"아빠랑 우리 아들 표정이 똑같구나. 선수들의 표정을 보니까 힘내라고 말해주고 싶은데."

아빠는 경수와 그림을 번갈아 쳐다봤다.

"우리 아들 그림이 최고다."

아빠는 양손 엄지를 들어 보이며 활짝 웃었다.

"엄마, 아빠 생각하며 그렸어요."

나도 활짝 웃었다.

"아들, 농구 보러 갈까?"

"나한테 비상근무 하는 거예요?"

"하하하, 그래. 우리 아들에게 특별 비상근무가 생겼다. 아빠랑 내기할까?"

"좋아요. 우리가 응원하는 팀이 우승하면 아빠가 아이스크림 사는 거예요."

내가 내민 손바닥에 아빠가 맞장구를 쳐주었다. 아빠의 비상근무는 아주 특별해서 나는 생일처럼 신이 났다.

"물론이지."

"아빠가 최고예요."

나도 아빠에게 엄지를 내밀었다.

'야호! 스케치북이 소원을 들어주었어.'

아빠와 응원한 농구팀이 우승했다. 아빠와 오랜만에 먹은 짜장면은 최고였다.

"김경수!"

내가 아이스크림을 고르고 있을 때였다. 찬이가 어깨를 두드리며 말을 걸어왔다.

"너도 하나 먹을래?"

찬이에게 아이스크림을 내밀었다.

"으응, 고마워. 내가 그동안 땅꼬마라고 놀려서 미안해."

찬이는 머리를 긁적이며 손을 내밀었다. 나는 씩 웃으며 찬이가 내민 손을 잡았다.

"이제 소원 스케치북이 뭔지 말해줘."

"아, 그거? 비밀인데."

나는 생글거리며 뛰어갔다.
"야, 치사하게, 알려줘!"
찬이도 함박 웃으며 달려갔다.

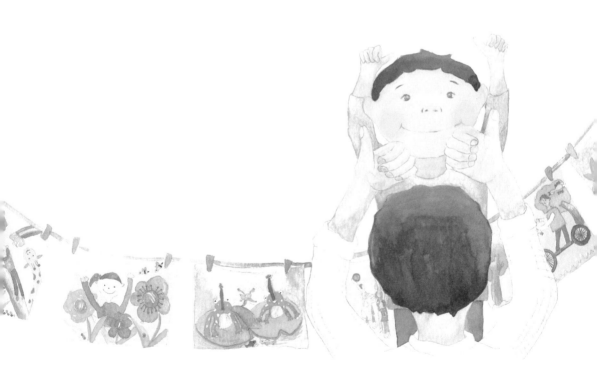

6

미랑이와 미소

"엄마랑 있으면 안 돼?"

미소는 엄마 옷자락을 잡고 다시 칭얼대기 시작했다.

"그럼…."

엄마는 동생 귀에 뭔가를 소곤거렸다. 찡그렸던 미소 얼굴
이 환해졌다. 고개를 끄덕이며 방긋 웃었다. 삐죽거리는 나
에게 엄마는 눈을 찡긋했다.

"나도 가기 싫은데…."

"너는 언니니까 참고 동생 데리고 가야지."

엄마는 항상 미소가 원하는 건 다 들어주면서 나한테는 안
그런다.

"핸드폰 사주면 갈 거야!"

토라진 척 핸드폰 가게를 가리켰다. '신규 할인, 기기값 0원' 핸드폰 가게의 할인 문구에서 눈을 뗄 수가 없었다. 아이들은 1학년 때부터 핸드폰을 갖고 다녔다. 우리 반에서 핸드폰 없는 3학년 아이는 나뿐이다. 아이들과 게임도 하고 카톡이랑 오픈 채팅도 하고 싶은데 나만 못 낀다.

"방학 끝날 때 사줄게."

"엄마, 언니가 민서 언니 휴대폰을…."

미소가 눈을 가느다랗게 뜨고 쳐다보았다. 민서가 새 핸드폰을 바꾸면서 쓰던 핸드폰을 나에게 줬다. 엄마에게 말하지 않은 사실을 미소가 고자질하려고 했다. 이때는 최대한 빠르게 꼬리를 내려야 한다.

"알겠어. 방학 끝나고 사줘. 꼭."

드디어 핸드폰이 생긴다. 방학쯤은 얼마든지 참을 수 있다. 놀다 보면 금세 개학 날이 되었으니까. 나는 재빠르게 고개를 끄덕였다. 다행히 엄마는 눈치채지 못했고 버스 타기 전까지 같은 말만 반복했다.

"미소 손 꼭 잡고, 버스 탈 때 기사님에게 물어보고 타야 해."

"출발합니다."

버스에 미소와 나란히 앉았다. 이제 외갓집에 가는 게 현실이 되었다. 엄마와 우리는 서로 작아져서 보이지 않을 때까지 손을 흔들었다.

"언니, 짜장면 맛있었지."

"응, 그런데 엄마는 한 입밖에 안 먹었잖아."

"엄마는 배 아프다고 했어."

"이 바보."

동생 이마에 알밤을 먹여주었다. 눈치 없는 동생은 짜장면 생각뿐이었다.

"왜 때려!"

미소가 씩씩대며 나를 째려봤다.

"너는 휴대폰 얘기를 왜 하는데?"

"언니가 먼저 휴대폰 사달라고 했잖아."

가끔 미소는 언니처럼 굴 때가 있다. 나도 질 수 없어 필살기를 꺼냈다.

"너, 게임 안 시켜준다."

가방에서 휴대폰을 꺼내 들었다.

"게임 안 시켜주면 엄마한테 말 할 거야."

동생은 내 빈틈을 잘 안다. 말꼬리를 달래기 위해 게임을 넘겼다.

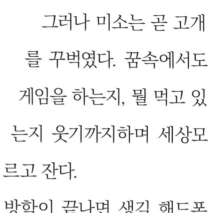

그러나 미소는 곧 고개를 꾸벅였다. 꿈속에서도 게임을 하는지, 뭘 먹고 있는지 웃기까지하며 세상모르고 잔다.

방학이 끝나면 생길 핸드폰을 상상했다. 아이들이 최신형 내 폰을 부러운 눈빛으로 쳐다보았다. 기분이 좋아졌다. 할머니 집도 척척 잘 찾아갈 수 있을 것 같았다. 하지만 상상은 오래가지 않았다. 불안한 생각이 꼬리를 만들기 시작했다. 버스를 잘 못 타면 어쩌지? 길을 잃으면 어쩌지? 꼬리가 이어지고 이어져 걱정스러운 결말에 금세 도착했다.

'할머니 집까지 잘 갈
수 있을까?'

한숨이 자꾸만 나왔
다. 배도 살살 아픈 것
같았다. 갑자기 가슴
이 콩닥콩닥 뛰기 시작
했다. 엄마가 적어준 쪽
지를 꺼내 보았다. 걱정
이 조금 작아졌다. 버스
는 아무 일 없이 쌩쌩 달
려갔다.

'아아아, 배야.'

배가 사르르 아프기 시작
했다. 꾸륵꾸륵 요동을 쳤
다. 뾰족한 바늘이 제멋대로
돌아다니며 쿡쿡 찌르는 것
처럼 아팠다. 부글거리는
배는 풍선처럼 부풀어 올라

비틀어 짜기를 반복했다. 잔뜩 힘을 준 엉덩이는 꼼짝할 수가 없었다.

"아저씨, 버스 세워주세요!"

그때, 미소가 소리쳤다. 사람들이 웅성대기 시작했다.

옆자리에 앉아 있던 아줌마가 기린처럼 고개를 쑥 내밀고 쳐다보았다.

"아이고, 얘 얼굴에 핏기가 하나도 없네… 얼른 차 세워요!"

아줌마는 눈을 동그랗게 뜨고 소리쳤다. 앞자리에 앉아 있던 대머리 아저씨가 휙 돌아보았다.

"갑자기 버스를 어디에 세웁니까?"

아저씨는 새우 눈을 뜨고 쳐다보며 소리쳤다.

"조금만 참으라고 해요!"

사람들의 말싸움은 이어졌다. 땀이 삐질삐질 흘렀다. 꽉 깨문 입술이 부들부들 떨렸다. 더 이상 버틸 힘이 없었다. 제발 버스가 멈춰주기를 빙글빙글 어지러운 하늘에 빌고 또 빌었다.

"아저씨, 우리 언니 좀 살려주세요!"

동생이 소리치자 버스가 덜컹 멈췄다. 나는 겨우 버스에서 내렸다. 급한 마음과 다르게 걸음은 나무늘보였다. 어기적 어기적 걷다가 혹시나 해서 버스를 힐긋 보았다. 역시나 눈동자들이 나를 따라 느리게 움직이고 있었다. 최대한 멀리 가는 것은 불가능했다.

'휴, 살았다.'

나는 오래 매달리기 한 사람처럼 숨을 몰아쉬었다. 땀은 멈췄다. 빙글빙글 노랗던 하늘은 화창해졌다.

버스는 다시 출발했다. 씩씩하게 나를 구해준 동생은 꾸벅꾸벅 또 잠이 들었다. 가방에서 연습장과 연필을 꺼냈다. 연습장 가득 짜장면을 그렸다. 얼굴에 짜장을 잔뜩 묻히고 활짝 웃는 미소도 그렸다.

"언니, 머리 아파."

미소가 머리를 흔들며 힘없이 눈을 떴다. 나는 버스 안을 두리번거렸다. 사람들은 자고 있었다. 미소 얼굴은 점점 핼쑥해졌다.

"많이 아파? 조금만 참을 수 있어?"

동생은 힘없이 고개를 흔들었다. 동생은 날 위해 차를 세웠는데 내 머리는 팽이처럼 핑핑 돌기만 했다.

'어떡하지, 어떡하지.'

엉덩이는 의자에 딱 붙어버린 것처럼 떨어지지 않았다. 겨우 용기 내서 엉거주춤 일어났을 때였다. 갑자기 동생이 고개를 숙였다.

"으으윽."

잠시 후, 미소가 나를 쳐다보았다. 눈에는 그렁그렁 눈물이 가득 고여 있었다.

"애들아, 내려라!"

"아…저…."

버스는 말이 끝나기도 전에 우리를 내려놓고 멀어져 갔다. 미소는 힘없이 쪼그리고 앉아 울음을 터트렸다.

"엄마, 엄마!"

나도 바닥에 주저앉았다. 참았던 눈물이 수도꼭지를 튼 것처럼 흘러나왔다. 우리는 내기하듯이 소리 높여 엉엉 울었다. 밤처럼 무서웠다. 더운 바람이 불어왔다. 먼지와 눈물이 얼굴에 까만 지도를 그려놓았다. 가방을 뒤져 휴대폰을 꺼냈다.

"0%네…."

충전기 없는 휴대폰은 쓸모가 없었다. 풍선껌을 미소 입속에 넣어주었다. 연습장을 꺼내서 엄마 얼굴을 그렸다. 미소는 엄마와 짜장면 그림을 물끄러미 바라보며 다시 훌쩍였다.

"할머니 집은 왜 이렇게 멀어?"

"응, 이제 버스 한 번만 타면 돼."

"언니, 더워."

엄마가 사준 요구르트와 과자가 든 비닐 주머니를 찾았다. 없다. 허겁지겁 서두르다 차에 두고 내린 것이다. 길 건너편에 편의점이 보였다. 나는 한걸음에 달려갔다. 냉장고 안에는 여러 가지 아이스크림이 가득했다.

"이거 먹고 조금만 참아."

미소는 꾀죄죄한 얼굴로 환하게 웃었다. 하얗게 마른 동생의 콧구멍에서는 여전히 콧물이 들락거렸다.

"언니도 먹어."

미소는 반쯤 먹던 아이스크림을 내밀었다. 흘러내리던 아이스크림은 금세 막대만 남았다.

"언니, 저기 버스 온다!"

미소가 달려오는 버스를 가리키며 소리쳤다. 엄마가 적어준 쪽지를 찾았다. 쪽지는 보이지 않았다. 버스는 빠르게 달려와 우리 앞에 멈췄다. '바구멀' 글씨가 보였다. 할머니와 버스 탔던 기억을 떠올리며 미소와 버스에 올랐다. 버스가 정류장에 멈출 때마다 사람들이 타고 내렸다. 미소는 버스가 흔들릴 때마다 고개를 꾸벅이며 졸고 있었다.

"언니, 화장실 가고 싶어."

"아저씨, 바구멀은 언제 도착해요?"

"바구멀은 지나쳤는데."

"어떡해요!"

마음이 쿵 내려앉았다. 머릿속이 바람개비처럼 빙글빙글 돌았다. 아무런 소리도 들리지 않았다. 눈물이 펑펑 쏟아졌다. 울음소리는 더 커졌다. 눈물은 그치지 않았다.

"언니, 언니!"

미소가 내 어깨를 흔들며 손을 꼭 잡았다. 작은 손으로 눈물을 닦아주었다. 나도 훌쩍이며 미소의 손을 꼭 잡았다. 멈추지 않을 것 같던 눈물이 멈췄다. 아저씨는 다른 버스로 우리를 데려다주었다.

"저 아저씨가 할머니 집에 내려 줄 거다. 잘 가라. 용감한 꼬마들."

아저씨는 머리를 쓰다듬어 주었다. 우리도 꾸벅 인사했다.

"언니, 이제 할머니 집에 도착할 수 있어?"

"응."

미소는 내 손을 꼭 잡고 놓지 않았다.

"그래도 언니가 있어서 좋다."

"나도 네가 있어서 좋아."

엄마도 우리를 생각하고 있겠지. 콩닥콩닥 뛰던 심장이 조용해졌다. 바구멀 이정표가 보였다.

"할머니다!"

우리는 할머니에게 달려가 안겼다.

"왜 이렇게 늦었어? 할머니가 많이 기다렸는데."

"버스를 잘못 내렸어요."

"장하다, 우리 강아지들. 엄마도 없이 여기까지 오다니 기특하기도 하지."

할머니는 울음이 터져버린 우리를 오래도록 꼭 안아주었다.

리모컨 아이

펴낸날 2024년 10월 30일

글·그림 오복이
펴낸이 주계수 | **편집책임** 이슬기 | **꾸민이** 공민지

펴낸곳 고래책빵 | **출판등록** 제 2018-000141 호
주소 서울특별시 마포구 양화로 156 LG팰리스빌딩 917호
전화 02-6925-0370 | **팩스** 02-6925-0380
홈페이지 www.bobbook.co.kr | **이메일** bobbook@hanmail.net

© 오복이, 2024.
ISBN 979-11-7272-022-3 (73810)

※ 이 책은 2024년 전라북도특별자치도 문화관광재단 지역문화예술육성지원사업 선정작입니다.

 책 먹는 고래 시리즈

뱃살이 아깝다
금미애 | 책 먹는 고래 43

이웃과 더불어 아파트 층간 소음 문제를 유쾌하게 극복하기

모여라, 아침 바다 민박
정혜원 | 책 먹는 고래 44

더 깊어진 정이 가득한 바닷가 민박집에 모인 사람들의 이야기

★ '아침 바다 민박' 후속작/강원문화재단 창작지원작

쉿! 여우 청소기
지숙희 | 책 먹는 고래 45

유쾌한 상상력 아슬아슬한 재미와 짜릿짜릿한 감동의 여섯 이야기

★ 부산문화재단 창작지원작

정답 보는 안경
최미정 | 책 먹는 고래 49

정답이 보이는 안경과 일등주의 문화 속 스스로 찾는 소중한 가치

★ 울산문화관광재단 창작지원작/2024 KBS한국어능력시험 선정 도서

고양이는 고양이
강경숙 | 책 먹는 고래 50

버려진 고양이 오대오와 개성만점 친구들의 짜릿한 이야기

★ 부산문화재단 창작지원작

꽁이 구출 작전
박정미 | 책 먹는 고래 51

구조했으나 다시 사라진 강아지의 행방과 되찾기 위한 작전

도깨비 뉴타운
정혜원 | 책 먹는 고래 46

도깨비상가에서 펼쳐지는 현실감
넘치는 도깨비 같은 이야기

★전국 어린이 독후감 쓰기 대회
지정 도서

수상한 검은 가방
김 숙 | 책 먹는 고래 47

아이들 가슴에 사랑과 꿈을 심는
흥미롭고 짜릿한 이야기

★전라남도문화재단 창작지원작

내 동생 쭝아
정영숙 | 책 먹는 고래 48

반려견을 두고 벌어지는 갈등과 뒤
바뀐 사랑의 서열

★한국장애인문화예술원 창작
지원작

새파란 미운털의 비밀
전자윤 | 책 먹는 고래 52

미운털을 보는 능력이 빚어내는 좌
충우돌 사건과 오해, 화해와 사랑
으로 미움을 해소하는 미운털 뽑
기 대작전

★부산문화재단 창작지원작

우리들의 치악산 학교
정혜원 | 책 먹는 고래 53

폐교된 치악산 학교 교장선생님의
엄청난 계획! 동물 친구들이 학교
를 다닌다고? 사람과 동물 모두 평
등한 학교 이야기

★원주문화재단 창작지원작

마음 마주 보기
함영연 | 책 먹는 고래 54

두 아이의 응어리진 마음과 아픔
을 이기는 마음 마주 보기. 상대를
포용하는 마음과 장애 인식을 개
선하는 공감의 이야기